青春的荣耀·90后先锋作家二十佳作品精选

高长梅　尹利华◎主编

云影下的涅槃

原筱菲 著

九州出版社　全国百佳图书出版单位
JIUZHOUPRESS

图书在版编目（CIP）数据

云影下的涅槃 / 原筱菲著. -- 北京：九州出版社，2013.5
（2021.7 重印）

（青春的荣耀：90后先锋作家二十佳作品精选 / 高长梅，
尹利华主编）

ISBN 978-7-5108-2152-3

Ⅰ.①云… Ⅱ.①原… Ⅲ.①诗集 – 中国 – 当代
Ⅳ.①I227

中国版本图书馆CIP数据核字（2013）第113819号

云影下的涅槃

作　　者	原筱菲　著
出版发行	九州出版社
地　　址	北京市西城区阜外大街甲35号（100037）
发行电话	（010）68992190/2/3/5/6
网　　址	www.jiuzhoupress.com
电子信箱	jiuzhou@jiuzhoupress.com
印　　刷	北京一鑫印务有限责任公司
开　　本	720毫米×1000毫米　16开
印　　张	10
字　　数	130千字
版　　次	2013年6月第1版
印　　次	2021年7月第5次印刷
书　　号	ISBN 978-7-5108-2152-3
定　　价	38.00元

小荷已露尖尖角（代序）

高长梅

长江后浪推前浪，是自然规律，也是文学发展的期待。

80后作家曾风光无限——韩寒、郭敬明、张悦然等大批80后作家已成为中国当代文学的生力军，他们全新的写作方式、独特的语言叙述，受到了青少年读者的追捧。

几年前，随着90后一代的成长，他们在文学上的探索也逐渐进入人们的视野。

2006年，《新课程报·语文导刊》（校园作家版）创办时，我在学校调研，中学生纷纷表示，希望报社多关注90后作者，多培养90后作家。那年年底，我在南昌参加中国小说学会小小说年度排行榜评选时，与学会领导和专家聊起90后作者的事，副会长兼秘书长汤吉夫教授对我说：看现在的小说创作，80后势头很猛，起点也高，正成为我国小说创作的生力军，越来越受到文学评论界的重视。你有阵地，就要多给现在的90后机会，文学的天下必定是属于新一代的。副会长、著名散文家、文学评论家雷达博导，副会长、著名文学评论家李星编审都高兴地表示，今后会逐渐关注这些90后的孩子，还表示可以为他们写评论。2007年年底，中国小说学会在报社召开中国小小说年度排行榜评选会议，几位领导还专门询问90后作者的创作情况。

2009年，著名作家、茅盾文学奖获得者、解放军总后勤部创作室主任周大新到报社指导，听到我们介绍报社非常重视90后作者的培养，而90后作者也正展现他们的文学天分，报社准备出版一套90后作者的作品选时，周主任静下心来仔细翻阅那套书的部分选文，一边看一边赞不绝口，并表示有什么需要他做的他一定尽力。周主任的赞赏让我们备受鼓舞，专门在报上开设了《90先锋》栏目。这个栏目一推出，就受到90后作者、读者的欢迎。

2010年，著名报告文学作家、学者，中国图书奖、五个一工程奖、鲁迅文学奖获得者王宏甲到报社指导，见到报社出版的《青春的记忆·90后校园文学精选》及报上的《90先锋》专栏文章，大为赞赏，并称他们将前程无量。之后不久，我们决定出版《青春的华章·90后校园作家作品精选》。这套书收入18个活跃的90后作者的个人专集，也是90后第一次盛大亮相。曹文轩、雷达等为高璨作序，著名文学评论家李少君、张立群为原筱菲作序，著名评论家胡平为王立衡作序。此外，还有一大批中国作家协会会员如刘建超、蔡楠、宗利华、唐朝晖、陈力娇、陈永林、邢庆杰、袁炳发、唐哲（亦农）、孟翔勇、倪树根、李迎兵、杨克等都热情地为90后作者作序推荐。他们在序中都高度评价了这些90后作者的创作热情、创作成绩。当然也客观地指出了一些值得注意的问题。

90后作者的成长也引起了文学界的重视，他们当中不少人都加入了省级作家协会，尤其是天津的张牧笛还于2010年加入了中国作家协会。他们以自己的灵气、勤奋，正逐渐走向中国文学的前台。

张牧笛、张悉妮、原筱菲、高璨、苏笑嫣、王立衡、李军洋、孟祥宁、厉嘉威、李唐、楼屹、张元、林卓宇、韩雨、辛晓阳、潘云贵、王黎冰、李泽凯等无疑是这一代的代表。这其中我特别欣赏原筱菲。她不仅诗歌、散文等写得棒，美术作品别有特色，摄影作品清新可人。在报刊发表文学作品、美术作品、摄影作品2700多篇（首、件）。还有苏笑嫣。不仅诗歌写得好，小说也受评论家的好评。尤为可贵的是，她完全依靠自己的能力行走文学，却不去借助自己父母的关系走丁点捷径。还有张元。一个西北小子，完全凭自己对文学的执着，硬是趟出自己未来的文学之路。还有韩雨。学科公主，加上文学特长，使得她如鱼得水。

著名文学评论家白烨曾发表文章将40岁以下的青年作家群体细分为"70年代人"、"80后"和"90后"。他评价，90后尚处于文学爱好者的习作阶段。从创作来看，青年作家普遍对重大历史事件有所忽视，对重要的社会问题明显疏离，这使他们的作品在具有生活底气的同时，缺少精神上的大气。不过，在他看来，这些年刚刚崭露头角的90后有着不输于80后的巨大潜力。（转引自《南国都市报》2012年9月18日）

但不管怎样，成长是他们的方向，成长是他们的必然结果。

这次选编这套书，就意在为90后作家的茁壮成长播撒阳光，集中展示90后作家的创作实力。我们相信，只要90后的小作家们能沉下心来，不断丰富自己的阅读以及丰富自己的社会积累，努力提升自己写作的内涵，未来的文学世界必然会有他们矫健的身影和丰硕的成果。

我们期待着，读者也期待着！

目录
CONTENTS

1

目录

CONTENTS

第三辑

凡歌·迷失空门

3

·今生篇·

第四辑

吟咏·风中烛火

目录 CONTENTS

献诗·寂寞花魂

组章·白夜灯盏

我庆幸。

我的初恋不是在初中，不是在高中，也不是在大一的新学期；

我的初恋情人不是同学，不是朋友，也不是擦肩而过的路人；

我的初恋源于一本书，源于痞子蔡，源于他《回眸》里的《遇见自己在雪域中》；

我的初恋情人不是痞子蔡，而是一位僧人，是六世达赖，是仓央嘉措；

那年的夏末，在北京，在一个很小的书店里我又遇见了这位僧人的《诗传》，遇见了他全部的生活；

那年整整一个冬天，我四处奔波艺考，背在随身的包包里，贴身陪伴我的只有他那些温暖的诗句；

寂寞时我遥想远在云端的雪域高原，遥想三百年前的孤寂的情人，用深情的怀想与他互换冷暖，用跳动的句子与他诉说情缘——直到这个隆冬；

新年伊始，理一下这段情感，整理出一百四十多首情诗，诗里有他，也有我；

只遗憾没能徒步那雪域高原，没能仰望他出没的宫殿，没能邂逅玛吉阿米，没能坐在雪山之上，让匆匆过往的流云倾听我十七岁旷世的爱恋；

那么就让我坐在寂静的远方，坐在无雪的冬天，坐在自己心灵的一隅，深情地吟给他听……

·前世篇·

第一辑

序曲·见与不见

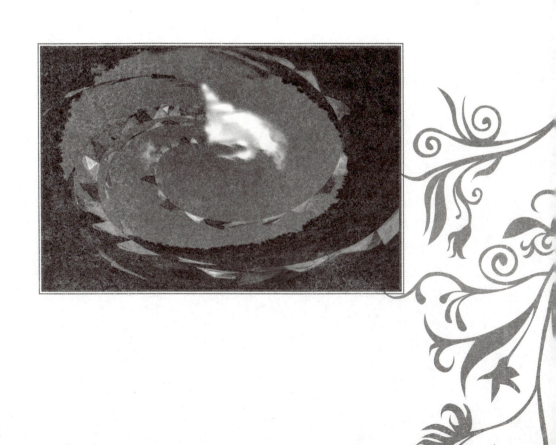

云影
下的涅槃

见与不见

我见，或者不见你，
你就在那里，
雪域高远，
人已依稀；

我念，或者不念你，
情就在那里，
雪落肩上，
心已随尘；

我爱，或者不爱你，
爱就在那里，
白云悠然，
为你变幻；

我跟，或者不跟你，
你的手就在我手里，
飞鸟盘旋，
不即不离；

去你的怀里，

或者，

让你住进我的心里

靠近无言，

贴紧温暖。

——改写自扎西拉姆·多多《班扎古鲁白玛的沉默》

信徒

那一夜，

我在你的梵歌里融化了我，

而你在你的琴声里听到了自己；

那一月，

你等待点燃我指尖的情种，

而我们相牵却逾越了百年；

那一年，

你隔着凡尘拥抱了我的温暖，

而我却随着尘土远远消散；

云影下的涅槃

那一世，
我们祈望在途中相遇
而佛途漫漫，没有起点，也没有终点；

那一瞬，
你在你的香雾里成佛，
我在你的佛光中成仙。

只是，就在那一夜，你忘却了所有，
抛却了信仰，舍弃了轮回，
只为，那曾在佛前流泪的烛火，
只为，雪山上那朵哭泣的雪莲。

——改写自歌曲《信徒》

第二辑

唱和·看开浮云

梦里前生

你可记得
我就是那个睡在花丛中的仙女
只因我贪恋梦境
而一次次错过了盛开

花蕾中已贮满了欲念
却遗忘了绽放的时刻
最后的夏日已经来临
匆忙间,竟然忘记了
绽放的理由

我已打点好行装
要去与荒草为伴
虚度我简单的余生
却在这一刻遇见你
茫然间,你用一束光牵引了我
让我又回到了
梦里的前生

祈福

我可以闭目
任佛光一再超度
而眼角的余光
是否也让你震颤?
你是否也在
默默地为我祈福
却装作若无其事?

这只是我们的初相遇
已是在佛的面前
我们不曾认真地冥想
为了佛
却要隐忍一生
又一生

一瞬千年

你打坐于群山
让梵音里的梦境随白云飘远
了无痕迹
你的梦在树叶间游离
游离出绵绵禅意
一瞬便是千年

你的一生
需要掩埋多少真情
在灵光闪烁的雪原
在近在咫尺的天堂

在铭记和遗忘间心神不定
在珍存和离弃间难舍难分
在白云飘过时分
你是否也曾想擦去梦痕

无欲,才是大爱
无求,才会拥有
我们,无欲无求

空门内外

我手持香草
来驯服你不羁的心
马蹄踏碎黑夜
我让沉重的青衣遗落在荒野
覆盖你月下久违的纠缠

空门之内
你是谁的谁呢
谁的绿色
才能尽染你的内心

寻遍荒野
我只能寻回一些散落的草籽
把玩在手上
已经不再芳香

空门之外
我又是谁的谁呢
我只能长久的伫立
一直保持着
寻找的姿势

云影
下的涅槃

看开浮云

你在雪中弹琴
我在雪外倾听
你坐在雪山上看开所有的浮云
我在细雪里看开了浮云下的众生
你看雪在缥缈的流言中渐渐停歇
我拾到了雪后你遗落的那粒樱桃

冰封的河水放弃了激流里的石头
茫然的人们放弃了命运里的沉重
你放弃负重的今生回到了前世
而我只能漫步在自己的雪地里
厮守你为我留下的那一点点红

你在雪中弹琴
我在雪外倾听
你在雪的深处看开所有的浮云
我却看到了樱桃里收藏的那粒情种
你在雪地里遗落了你的影子
我在浮云下渐渐与你相去遥远

白鹿飘过

你骑着白鹿轻轻飘过
身后白鹿抖落了一地细雪
你轻轻地去雪山深处为我拾梦
你洒落的细雪却把我
带回到梦中

梦中我与你一起出行
你我是坐在白鹿身上
还是躺在雪地里?

我喜欢白鹿独自远去
让绵绵的细雪
把我们无声地覆盖

云影下的涅槃

预留的空间

你在前世为我预留了位置
只为今生遇见我

秋风秋雨更改着所有的美好
寒风中你却径自逍遥
错过了时空
遗忘了自己

我在遗忘中记起你
在错乱的时空里找到你
风雨已过
世间的美好重现

今生我再次遇见你
只为了你前世给我留下的
那份空间

圆满

在一粒野果中赞美
一朵雪莲找到了它的雪山
却没能找到自己的箴言

雪山与箴言的距离就是你和我的距离
贪婪的太阳
没有忘记在最后一刻收走它的光芒
而月亮就不紧不慢
弯成了短暂的思念

到那粒野果中去完整自己
无论青涩还是泛红
都是自己的果子
无论是相聚还是别离
都要委身于我的手心

把所有或酸或甜的背影秘密珍藏
只等最后一刻
我能完美的呈献

云影
下的涅槃

月亮不紧不慢

要圆满成自己的思念

它窃走了果核里的好梦

在一个明明灭灭的早上

坠落成遥远的结局

而此时，你正在

赶来的路上

回到孤单

梦与梦之间隔着呓语

只有风不解风情

它往来穿梭

惊扰了你我梦中的流连

你用吟咏之声超度荒草

超度那些不言不语的生灵

你背离了浮华的生活

我还是无法做你的人

凄风苦雨

是天空的疼痛

而我只能背转身来
回归到孤单的自己

镜中幻象

你假装沉溺在古板的经文里
看尘土中飞扬着记忆的影子
看影子里渐渐模糊的城
看城中的人儿香消玉殒
你无数次轮回
只为了回望这惭愧的再生

我一再迷失方向
徘徊在一个又一个假象里
我无法读懂你坚硬中的柔软
就像镜中的往事
无法擦亮
你预言里的今生

云影下的涅槃

隐藏

你在星光下隐藏
听着风急风缓徘徊犹豫
草叶间的消息隐藏着不安
星星的眼睛闪耀着怀疑
所有的迷梦
都将在影子里幻灭

行走,便是无始无终
转身静坐,便可安然如佛

星星不曾穿透风
它只是躲在风的后面
目睹着你信步走来
又转身离去

前缘

你在光芒里拒绝拥有
携一只圣杯游走
把所有的路都走到了尽头
而后在一杯水里
看透了自己的国

你拒绝被光芒缠绕
拒绝在光芒里点亮一生
你用深情装点着圣杯
装点一抔滴不尽的水

你在一滴水里沉默
沉默成深不可测的前缘
然后在星光下
一饮而尽

云影下的涅槃

挂念

谁都无法逃出自己的内心

一些人藏匿于尘埃

让尘埃与尘埃

相互纠缠,而后覆灭

只有你枕着青山

让所有的日子归于淡定

青山之上

你只是一片心形的叶子

覆盖了自己

也覆盖了我的挂念

你可以安静地睡去

三百年太短

我会一直等着你

缘起缘尽

尘世的刀剑闪着锋芒
你在目光里放下对手
让一切随缘

闪耀的,总是冰冷的
你一袭青衣
躲过了暗伤

一朵莲花静开在雪上
有时缘起
也就是缘尽

第二辑 唱和·看开浮云
Chang he kan kai fu yun

019

云影
下的涅槃

寂寞行走

一朵游云挡不住远方
一些人走出了家门
一些人回到了家中

佛却永远望着门外
望着一尺之遥的风风雨雨
而心就在这风雨里飘摇

谁的缠绵遮住了空旷的天空
寂寞的行走
终将是游云的一生

穿过佛法

穿过佛法
众人即是一人
而你将学会珍视自己
因为你中已有了我

穿过众人
我始终不会迷失
杂乱的脚印里
我总能找到你的位置

穿过我
你总能遇到众人
与他们擦肩而过
而我
始终跟随在你的身后

穿过佛法
众人即是一人
你我幽居在佛法里

等待所有的目光
把我们一一穿过

水鸟飞去

佛与爱
就像冰与火
用佛心去爱
爱就成了水

你我就在水中漂流
穿过雪山
穿过火
搁浅在失去温度的彼岸

我们隔岸赏花,没有颜色
同岸相栖,没有体温
无眠的梦里
我们化成一双水鸟
沿着无水的河床
远远的飞去

风中爱情

谁说咫尺就是天涯
迈一步，就是飘雪的冬天
迈一步，就是风中的格桑花

从一首歌里退回到想象
退回到一切的起点
退回到无雪的冬天

仰头望去
雪花和天空一样缥缈
就像风中的爱情
你只向前迈一步
它便融化了

云影下的涅槃

装扮世界

沉默的鸟
不只是因为倦怠
它目睹了太多
所以什么都不说

而我,只能是
那只心事重重的孔雀
我不急于走近你
沿途
我要把一切准备好

我用我的翅膀收集色彩
我用我的鸣叫回放声音
我用我自己装扮好一个世界
然后把它完整的
交给你

病花

你病于繁花之中
而伤在一场霜里
这一场凄美的盛开
落叶都不曾看到

没有谁为你传递心愿
没有人告诉你我忽远忽近的消息
身边的一切都保持着沉默
这个夏天
蜂蝶不曾来过

云影下的涅槃

祥云飘过

你无法在同一时间
站在我与佛法的两端
就像我不能同时
依在两个你的身边

你只是我梦中那匹伤情的豹子
在幻念里来回走动
却一直没有出发

你想扮演山上的那朵祥云
轻轻地抚爱我的冷暖
只是还没来得及低垂
就已经飘过山去了

占卜来世

在一面镜子中叛逆
转身世事已变

河水世故曲折不解风情
蜿蜒一过
又是千年

你被来世的暗箭命中了退路
我穿过凡尘向你走去
身后撒下了一座座空城

我们用一瓣瓣莲花占卜来世
然后用三百年的光阴
一步步走向彼此

云影
下的涅槃

萦绕

我披着春光而来
眼睛里映满了花香
花香里嵌满了梦中的情缘

我从自己的倒影里
打量情感的来路
在风一样的流言里
随手播下漫天的花种
好让你幸福无边

我把春色缠绕在身上
让野花在身体里常开不谢
让花香守住仅有的诺言
让我的曾经
一直呈现

擦去风的讳语
洗亮每一个早上
晨光就灿烂

幸福

就萦绕在天边

放下爱情

在一杯酒中放下爱情

年少的心事

永远装不满空旷的酒杯

我衣袂款款

扶上你的栏杆

风未停歇，人已入定

午夜的流星

装不满寂寞的杯盏

酒醒何处

情已消散

云影
下的涅槃

盲目

盲目的人肆意踏过野花
野花就夭折了
他在旷野里独自自由
野花在风中独自忧伤

是盲目的人心中无花
还是野花
也很盲目

穿过目光

你不得不回到自己的前生
仿佛月影回到夜空

你走向我
一场大雪
却挡住了你前行的路

你敢不敢从雪中穿过
像穿过虚无的空气和
虚有的薄雾
敢不敢注视着我的眼睛
甚至
从我的目光里穿过

幽怨之琴

我把我的誓言掩藏在晚风里
别离后,是曾经的青草
渐渐凋败

别离后,我与我相邻
你与你相亲
你与我已隔断了三生三世

我梳理我的愁发
就像梳理凌乱的琴弦

如果你听到了幽怨的琴声
你要明白
那是我为你弹的

静默和坚守

绕过多少条路
才能如约躲进情仇的梦里
需要多少从容
才能远离那虚伪的虔诚
从诗人到王者是一次沦落
满是泥泞的路上
不如真切地爱着

其实
我就是你所要的时光
即使不能珍藏

你我都已习惯了被等待
都已习惯了静默和坚守
一只鹦鹉的情话
怎能温暖
你所有的期盼

一错再错

在金光里提取闪闪的笑容
神秘的光晕中贮藏了多少爱怜?

你从一捧流沙里倾听涛声
而我只能躲在你的耳朵里
诉说爱的单纯

单薄的清高怎能面对汹涌的波浪
面向苍茫
我们已经一错再错

潮水向所有人敞开了心扉
一点清澈
蓝过了海洋

云影下的涅槃

你中有我

梦里丢失的
只能到梦里去寻找
莲花开过
花瓣浸染的都是笑容

笑容里的红晕映着雪山
映着呢喃的云霞
我们就在霞光中消融
消融后
你的叶子是盘旋的鹰
消融后
我的花瓣是飘摇的幡

风云莫测
梦里云烟
望过天地,这嫣然一笑
梦就醒了

果子熟了

那时,佛就是你
他在你的冥想里冥想
那时,佛就是我
我在你的依靠里依靠
那时,佛就是寻找爱的人
从爱里出走,又回归到爱

有了爱,佛就笑了
笑中就有了你
你中就有了我
世上所有的果子
就熟了

安静地盛开

我看到无根的花朵
在风雪中飘零
离你最近的
其实离你最远

一个人独行
心就是距离
视线似乎把你和我
越拉越远

我要到天边去静坐
让自己迷失在风雪的深处
雪不停不归

回来的路上
自己却与自己相遇
繁茂的脚印
正安静地盛开

第三辑

凡歌·迷失空门

因水相逢

月亮是梦魇后的那面铜锣
它收藏了世上所有可怕的声音
噩梦里出逃的玄鸟
把阴影散布到人间

你从月光的缝隙中走来
要把一切洗得清清白白
玄鸟衔走了你的水
你在愿望里一再枯竭

我到溪边浣纱
丢失了自己的倒影
你寻水声而来
在下游拾走了我的魂魄

你把我折叠在你的咒语里
放飞成一抹流云
我在天空里微笑
也洁净了月亮的脸

我们因水相逢
从此情感清纯无比

度日如年

你我在悲悯的春草里相约
相敬如宾
在一些幻念里
潜心修行
一棵草,就可以了断
一切尘缘

我们与春草相宿相栖
我们的梦呓就是草虫的梦呓
我们平庸
我们淡泊
我们却拥有着全部的绿色

我们偶尔也攀爬到一朵花里
露珠是酒
醉了佛光
醉了闲尘
也醉了花蕾,它微垂下头

云影下的涅槃

等待我们快意的滑落

你我在细碎的花草里相知
听风的絮语
看云的魅影
我们在凡花和春草里
度日如年

守着新月

在诺言里牵挂
别让那钩新月钓走你的心事
我在一朵野花里绽放我的前世
用遍地的柔草铺展你的来路
等待你一洗红尘转身到来

诺言是风中的纸鸢
没有方向
它时而旋转，时而疾飞
风雨中，我找不到那根拉紧它的线

在诺言里牵挂
我心神不安

或者，你环绕着我不去
或者，你回避着我不来
或者你来了
又只是匆匆

我把诺言悬挂在野花上
招示未知的远方
只要你匆匆一过
就能读懂我的夙愿

子夜无眠，守在新月下
等待我苦心孤诣的圆满
守在新月下，我等待你
转身到来

桃花的翅膀

在你的笙歌里
桃花渐渐泛红
红遍天涯
那就是我的来路

我曾在远方叫着你

云影
下的涅槃

你的曲调湮没了我的呼唤
从一首曲子里我辨清了方向
原来的那条路
已是荆棘满地，杂草丛生

我借了桃花小小的翅膀
在黄昏时翩翩而至
仆倒在歌声里啜泣
然后为你殉情
你就牵着我步着晚云
放弃了笙歌
直达雪峰

纠缠或缠绵

暗香浮动
我只能到水中
去打捞你褪色的箴言

琴声里的顿悟已为时过晚
我还是回到琴上
续演我的悠然

弦音震颤

你总在是非之间摇摆

目睹着水面花朵的飘逝

也把我的思念带向遥远

唤你来时你不来

念你去时你不去

你在来去中纠缠

我在去留间缠绵

墙里墙外

从转经筒上绕回到墙外

绕回到前世

那一场场风花雪月

其实你一直就没有长大

就像今天的我

只是在烛光后假装成熟

牵着手奔跑是多么惬意的事

没有杂念

只踏碎快乐的影子

云影下的涅槃

而你却无意间躲进了墙内
把欢愉藏进了转经筒
一转就是秋天

我依然在墙外寻你
翻遍了所有的草丛
也没能找到你的脚印

芳草萋萋
似乎这个季节
已与花朵无关

火焰深处

杯中的真理清淡如水
我在世俗之中丢失着自己
有时追逐和寻找一样徒劳
不如淡忘一切,假装心安

柴房的火焰已将熄灭
拾柴的众人还没有回来
有时,你只能燃烧自己

才不会让光明在眼前迷失

在层层黑暗到来之前我也曾来过
只不过忘记了把自己交给你
任你点燃
我不得不承认我对光明理解得甚少
情急之下难免茫然

我看见你在火光里望着我微笑
我也就微笑着走进你
我们在火焰里依靠得如此贴心
光明深处我知道
我已不再是你的过客

空寂与欢爱

晨归的你
掠过星星和生灵的残梦
回到一曲梵音中

你是夜行者
穿一袭青衣
掠过梦寐的花园

盗得暗香
悬挂在你的法门之上

于是红袍之间多了一份颜色
你低头读经
抬头看月
你闭目冥想
睁眼赏花

一场欢爱之后
是难言的空寂
一场花香之后
又是无奈的梵歌
歌声袅袅,萦绕不去
如人间
不断的烟火

水中知音

远处,流水汩汩
像是谁幽怨的琴声
云朵上的女孩也许不是我
我已在你的把握中消散

现在两手空空
你只能拥抱自己

琴声谁都不会拥有
它只流淌在弦上
除非抽刀断水也断了琴弦
那一定是因我
在水中默默倾听

因果

在一堵危墙前面壁
不闭目
偷看墙外的莺飞草长
偷听蜂蝶的曼舞轻歌

你的凡心
永远是出墙的红杏
杏花落后
我找不到你的青果

那么我也去危墙前面壁
不闭目

偷看墙内的你
偷听你花样的心情
任你的心事花开花落
任你的心事无根无果

虚伪的风景

朝花夕拾
一日的美好就这样谢了
谢得无声无息
就像记忆
已无法在日暮前
交给月光

满地残红
是一路虚伪的风景
月亮还没出
星星
就已经纷纷走散

一生的花事

别把一生安放在一场花事里
花退残红
远去了杜鹃声声

别把一生安放在杜鹃声里
婉转划过
了无痕

别把一生安放在心事里
心事是个结
总有解不开的时候

别把心事互相交换
它会在彼此的心里结恩结怨
让我们欲罢不能

那么,还是把一生
安放在那场花事里吧
随着花开花谢
一了百了

花落声声

鹰翅下的鸟影被你忽略了
一世的承诺也随梦境淡化成云
其实落花有声
只是你无暇倾听

我从落花声中走来
只为了收藏季节的余韵
我把它藏在最小的转经轮里
等待你轻轻地摇晃

鸟影在你不经意间飞走了
你沉溺在转动的风里
仿佛听到花落
和我远去的声音

无声的追随

你踩着落叶一路播撒春天
春天就驻守在沿途的玛尼堆上
你一路走过
春天就在你的身后不停地绽放

我为清点所有的春天而来
也踩着落叶
也踩着你的脚印
仿佛是无声的追随

你不停下脚步
春天就不会停歇
你一路走去
一路就飘满了经幡
你一路走去
直到我和季节都已疲倦

芳香零落

箫孔中飘逸着花香
闪电划过
所有的雨滴就沦落成泥
一样落魄的还有我
不曾在芳香里筑巢
只在箫孔上舞蹈
舞倦了去拥抱雨滴
最终零落在
自己的芳香里

葬身花海

悬岩上满是花枝
是你亲手描绘的绚烂

你是要用它们的怒放
来装扮我的梦境吗

我只可以观对岸的娇艳
却无法赏脚下的妖娆
我已无力
向你迈出这最后一步

我的双脚已经僵冷
而落花还迟迟没能
填平这无底的深渊

如果这不是梦
我一定从容地迈过去
即使葬身在
你的花海

曾经的誓言

你在一杯浊酒里独自凋零
孤寂的清冷在酒杯里漾起了哀怨
一瓣梅花洁净如雪
渐渐飘落在前世的枝头

云影下的涅槃

我也想回归到那样的从前
回归到你我曾经的年少
在流水中泛舟
在梅林间踏雪
指缝间携一枚花瓣
丝丝血色
是我们曾经的誓言

迷途

那只逃离预言的鹰犬在迷雾中走失
大地留下了它白茫茫的影子
预言厮守着它空旷的家园
望眼欲穿

鹰犬乐而忘归直至迷途
途中却遇见了你
迷雾中，谁都无法确认
自己真正的去向

望望天空

天渐凉
你也就心灰意冷
你行色匆匆
从一句句谗言里穿过

而你曾是一个施咒的人
自己能否在自己之中
解脱自己

你行色匆匆
穿梭在自己的天气里
你用你的魔法取暖
却无法改变自己的天气

绝望之时
你停了下来
你望望天
我的天空
就暖了起来

忘归

在和风中反思
宽阔的坦途你视而不见

不眠之夜的那棵果树
依然守望在天边
它结满了果子
却无人采摘

它伫立在你必经的来路上
从未改变,只是你
迷失了原有的方向

择一条曲折也罢
拥有高度就是你的路标
夜里的果实泛着光芒
像一座缀满星星的城

我在你的终点守候
不怕你迟到
只怕你忘归

月亮哀伤

乱事随荒草一起枯萎
月亮里隐约浮现出我的脸
你已拥有了这份皎洁
我也就显得如此安详

我对你说起月亮的心事
月就满了
我对你说起我的心事
月就缺了

月亮盈盈缺缺
思念的潮水就落落涨涨
我的脸
就随时间枯荣

有没有
在我的脸上读懂你自己
有没有
把身后的琐事丢弃在荒草里
然后捧起月亮

抚去它
淡淡的哀伤

花的心事

隔岸凝望
情节里流淌着思念的河
无数的面孔因尘埃而陌生
你却独自隐逸在群山间
漫山的花蕾
因漫长的等待而瞬间盛开
这一切只是为了你

雨水里,花的心事渺茫
叶子托起的那片晴空
摇曳着简单
路上行人匆匆
那么,我就在简单中度日
在简单中期待
在期待中
度日如年

独自吟咏

你独自在虚幻里度日
冷与暖
都变得越来越轻

这个世界本没有温情
风过了
美丽的言语会被一一吹散

折叠起诗行看这个世界
字里行间散落的
都是世间的离愁

谁愿把繁杂的世事拆解成箴言
道破天机
这多么无情

我也独自吟咏去了
等待在一次次吟咏中与你相知
再在歌谣里与你相见

尽管所有的言语
都已经陈旧，泛黄

浮云寂寞

回到花园里
回到自己的落叶之中
回到落叶
回到落叶掩埋的果子里

然后让果子重返枝头
然后让树枝回到天空
回到天空一样的镜子里

然后用彩云擦去前尘
擦去前尘里的伤痛
然后击碎镜子
击碎天空、树枝、落叶、果子和你
只剩下浮云一朵
让它寂寞地
飘来飘去

影子之外

通幽的曲径终于给了你宁静
你潜于花影下顿悟
顿悟成一滴洁净的露珠

一些人的消失
一些事的过往
都已烟消云散
你沉溺在幻梦的晶莹里
转身躲进了自己的影子

我在影子外寻找
寻找曾经透明的那些心事
无意间却被那条小路带走
路上我化作了一朵桃花
守望在你
来来去去的风中

云影下的涅槃

潜心祈福

洞悉这绵绵的山水
潜心祈福的人
却失去了自己的福祉
你就绵延成远山
我就缠绵成流水

我在你的脚下一次次流过
你一直低头看着我走远
从此,山就低了
从此,水就远了
从此,我就不能
像云一样把你缠绕了

洞悉水面的浮莲和水底的游鱼
它们是我留给你最后的言语
假如它们飘走
我的一切就说尽了
假如它们不走
那我就一直倾诉吧

直到我的水流干了
直到你的雪融尽了
直到看到了你的福祉
你已无力为你我
祈福了

迷失

风一来
万物就成了你
而你
却怎么也
找不到自己

我也是寻你来的
从万物中出发
又回归到万物

我忘记了
我原本就在
你的身体里

一路花开

缘来花开
缘去花落
花是佛的脚印
一朵一朵丈量着天涯

佛来花红
佛去花白
你来繁花似锦
你去世上无花

你就是佛
你就是缘
我期待着与你相遇
一路花开

落雪有声

守着傲人的梅花
我不轻言美丽
守着傲人的梅花听雪
我不轻言我对纯净的痴迷

山间的雪景独白
山中的梅花娇艳
花瓣伴着雪花飘落
我只为你释放暗香

雪，在空旷中飘下
静静铺展成雪野
你径直走向我
一样的洁白

我们，深陷在寒冷里相互温暖
雪，覆盖在我们身上渐渐融化
醒来，你是那树虬曲的梅枝
我脉脉含情，是点点花蕾

我们纠结成一棵树
我就坐落在你生动的肩上
愿旷世的寒冷不再消退
我年年都要栖落在
你颤抖的枝头

与你相伴

不想属于你
让你承受这般的生命之重
你放得下天地却放不下我
天地与我谁重谁轻?

其实
我只是你山谷里的一片羽毛
因为落在了你的肩上
才显得如此沉重

羽毛本无所谓生死
它生来柔软、温暖
零落后与你相伴
不知是命里注定
还是偶然

很想做你手中的那把扇子
握在手里,便是逍遥
握在手里,便知冷暖
握在手里
就是你的一片天

消逝的祭奠

我住在你的伤痛里那么久
像你伤口里的那枚菩提果
这是你无数次踏雪
才寻来的一点红

我红在你的身体里
让所有的色彩渐渐褪去
那些零落的叶子
就是我追寻你的脚印
是我对所有消逝的祭奠

空灵的花果

空灵的山谷里
我就是那朵殉葬的花
涅槃成一粒坚硬的果

你隐藏在自己的隐私里
暗度余生
你沉重着自己
却始终给我微笑
我也就心甘情愿的
呈现在你寻我时的背影里
转身幻化成这寂静的花
开与不开
就像生与不生

空灵的山谷里
我就是那粒殉葬的果子
涅槃成一朵温暖的花
守着你
不弃不离

第四辑

吟咏·风中烛火

云影下的涅槃

梦语者说

一

无论是黑云压城
还是晴空里的空洞
我只能躲在梦语里
向你道破真相

二

幸福和永恒都过于缥缈
我喜欢触摸自己最真实的情感
梦
也开始变得真切

三

镜子易碎
月亮遥远
我需要铭记前世迷离的梦
止我今生的痛

四

流水的迹象已远
云躲在干涸的缝隙里
得以重生

五

在一枚卵石上雕刻你我的生命
孵出来的
一定是一把疼痛的刻刀

六

我喜欢把你我
扮演成黑白两种颜色
坐在世俗的格子里
像两枚棋子
在无声中
与你对弈

七

躺在一片镜子上
透明得像一滴水
我照不见自己
只有继续透明
透明成一片平展的光
直到渗进玻璃里

云影
下的涅槃

荆棘在发丝里生长
开出疼痛的花
苔藓在石缝里生长
就胀裂了石头

过往匆匆
最美的不是大雁
而是麻雀
它一直留守在你我的左右
没有杂念

冬天浸泡在回味里有些暖
但已不是夏天的体温

枝条上镀满了清霜
镀满了岁月的光芒
我一摇
冬天便碎了

喜欢在路上
看风景远去

回望来路

我嗅到了自己消逝的气息

十三

把梦抽成茧

抽成坚硬的外壳

梦里端坐着你我

不能醒来

醒来后

会变得空空荡荡

十四

我依然拒绝开口

说出梦里的真相

醒来的阳光

却戳穿了这梦中一切

美丽迷雾

不去回避

其实我就是一朵

云影下的涅槃

生长在缝隙里的凡花
就像我的影子
总是不肯把阴暗的一面
袒露给痴情的阳光

夜里，我只能把月光披在身上
把我的根藏在身后
假装是不小心丢失的一件外衣
在孤独的回望里
为自己撒下一层
美丽的迷雾

你我的落红

我再次想起露珠
它把往事一遍遍放大
仿佛在显露着你凝重的前生
而最终我也就回到露珠里
并且保持着沉默
剖开露水
你我的影子便得以重现

我想在影子里

种植一个永不凋零的春天

可我心神不定

我只能关心脱落的叶子

何时才能长回到它原初的样子

就像你我何时才能回到从前

花瓣与花瓣间的裂痕永远不会愈合

我放弃了花蕊的冥想和

草芥指示的方向

不紧不慢

停靠在你我的落红里

蝴蝶离去

猛然的心悸

让我如梦初醒

梦里的幻象戛然而止

停顿在一扇窗上

风就肆无忌惮地

进进出出

漫步在狭小的空间

让往事安静地浮现在指尖

在风吹过窗子之前
幻想的蝴蝶
已经翩然离去

与火焰相遇

把你我的一生描绘在一支蜡烛里
把一个个怀想写在烛火的跳动里
滴滴烛泪
就是我再次追逐你的理由

我行走了整整一夜
却始终没能与你相遇
当我回转身
再去寻找那烛泪般的脚印
发现天空凌乱
星星的存在已毫无意义

当过往的记忆凝成一截蜡烛
我不忍点燃,握在手里
就像握住了光明

我继续行走

仿佛身后有无数的火焰
正循着我的脚印匆匆赶来
漫过我,并燃向我的前方

我在火焰里尖叫
手里的蜡烛熔化
滴落在沉重的脚上
火焰,在我无力追赶的远方
开成一朵朵美丽的焰火
而你,就在焰火之中

藤上鸟

安慰我的那些藤条依然翠绿
而我摆脱不了这乏味的纠缠

我羡慕藤条上的那只鸟
它不听从于谁
它不会被绿色缠绕
并且自由自在

我羞于向它转述
我与你之间的缠绵与纠葛

云影下的涅槃

羞于描绘那种
秋天一到我们就逃离的场面
几只飞虫悠然而过
它们没有名字依然快活
一只蜜蜂匆匆忙碌着
花已将谢
一切甜蜜都将收场

做两个永不盛开的花蕾如何?
它们足够单纯
一直被简单包裹着
一直安睡在自己绚丽的内部
直到冰封

只想带走你

虽说天气已经渐暖
可我还是发现了一只
冻死的雀

它躺在雪地上面朝着天空
翅膀收拢着
脚趾蜷缩着

我把它揣在怀里
我知道我不能暖醒它
也不能收藏它
我只是想把它带走

回来的路上我照常行走
照常想一些该想和不该想的事情
好像什么都
不曾发生

尽享余生

寂寞比孤独更轻盈
独语比倾诉更欢愉
梦里的参差
在树叶的掌纹里安眠
谁能在这样的深秋
尽享它橘色的余生？

云影
下的涅槃

零落如秋

自己选择的路一定是自己要走的
我不得不为自己无数次搭起浮桥
有时优雅，有时惊恐

走在拘谨的日子里
如履薄冰
更多的裂缝在这个冬天里
等待我赴约
疾飞的雁阵牵走了所有希望
我尾随着它飘落的翎羽
企图抵达曾经的生活

又一场追逐零落如秋
在满是荆棘的遥望里
我回归于一片鸿毛

穿过冬天

拾起纸上的花瓣
我去寻梦里的梅花
点点殷红从指缝间渗出血水

踏雪寻梅只能是一场虚构
我用蒙霜的鞋子丈量雪与花的距离
丈量花与心的距离
丈量你与我的距离
红嘴的雪鸟丰盈如冬天
雪中的脚印像严冬里
仅有的一串花苞

从雪地上裁取一张洁白
这个冬天,我只能
从一张纸中穿过

卵石梦

用意念摆动那条河
当流水丢下了一块块卵石
河岸就再也听不见涛声
石缝间生长的草充满温暖
把一个个寂寞孵化成岸

我在岸边行走
行走在卵石的梦里
在河水退去的时候
我被梦绊倒
跌成一块石头的胎记
跌回到
我梦寐以求的前生

真相

树枝的手指摆动着
执意要摘下无边的星月
它折断了树干的手臂
依然不能如愿
就在绝望中
褪去了叶子的皮屑

有时苍老
只是一夜间的事情
它被夜空允许
放弃了所有的奢望

指纹逃离了手指
它在与秋风的游戏中
改变了初衷
时光在指缝间一再荒芜
却不敢在印记里
说出时空的真相

冰霜上的家园

燕尾修剪过的天空
已不再适合我仰望
它们逃离了冰霜上的家园
只留下羽毛的碎片
那些被雁阵鸣湿了的云朵
和云朵之上的背影
映满了家园的忧伤

我只能低着头走路
并与雁鸣擦肩而过
我只能低着头走路
努力识别着家的方向

我用受了伤的鞋子踢开一些风尘
便从尘土之外飘来几句你的凡歌
我依然低着头走路
但我知道，家
已经很近了

还原春天

在鸟的高度上回忆
在回忆里还原那个不朽的春天
还原春天里的那一次鸟语花香
在一对诺言的翅膀下
花儿开得正好
鸟儿也鸣得正酣

鸟语与花香的距离
就是你与我的距离
一切都躲藏在那个春天的静默中
我们曾在无形的气味和声音里
寻找依靠
就像在鸟的高度上的回忆
空旷而晕眩

我不得不脱下记忆的外衣
就像丢弃那些沉重的春风
丢弃春风里一个空空的皮囊
丢弃一次眩晕的回忆
和回忆里的那段距离

而后,花还会开
鸟,还会鸣
春天
还会一如既往的到来

绊倒寂寞

思念渐渐凝滞
投影在墙上就是一块石头
它并没有真的石化
凝固在那里
只是一个迷离的假象

如果没有它
墙就洞开
可以望见墙外的蜂蝶
鸟也可以从墙面上翩然穿过

墙不是密不透风的
隔墙有耳
它听懂了我的心事
却在寻找自己的出口

我给墙一个借口
然后悄悄坠落成路边的顽石
把曾经的寂寞
一一绊倒
像月光一样,不断碎落在
我已忘却的那条路上

梦境迷离

那些摇摇欲坠的种子
一直在寻找零落的契机
寻找来年萌发可能

不是每一朵花都能顺利结出果子
也不是每一粒种子都能完美地发芽

梦境迷离,却始终无人采摘
在冰冷的枝头摇荡着久久的空寂
偶尔被月色照见
偶然又被流云漫过

路上的行人从迷雾中飘来

又纷纷飘到迷雾中去
没有驻足,没有仰望
记忆的果子,不过是迷雾里
明明灭灭的灰烬

逃出迷雾

安静下来想摆渡一个夜晚
把往事打包装进困倦的船
一切的原因和一切的开始
都拥挤在一个船舱里
缆绳已松动
水波不曾为我停留

比水流更深的寂寞其实是我自己
你摇着双手
消失在波纹深处

浑然醒来时是船的搁浅
超载的往事已无法抵达黎明的岸

我踏着浅水放弃了一切
溅在脚上的水花

像背后的星星

我在星光里开始遗忘
披着这身苍茫的灯盏
逃出了自己的迷雾

昔日的尘埃

弱小也坚强
站立在那里,我是一只细腰的蚂蚁
攀爬在草径之上

风,像一个不速之客
寒暄之后就匆匆离去
我的体温,在阳光的把握之中
逐渐苍茫
离离草原
谁能听见我对你的呼唤?

蜜蜂的翅膀已消逝在花香里
我羞于回答云朵提出的质疑
却在草叶间徘徊不定
一滴晨露便可淹没我所有的幻想

我在露珠里肆意沉浮
与我为伴的
只是昔日的尘埃

沉睡的雪

夜雪
抛撒下纷扬的纸屑
浸染着苍白的怀念
一些散落的文字
是冬日里落魄的魂灵
飘落成寒冷中
支离破碎的字词

飘落在地上就冬眠吧
这个冬天的寂寞
脆如纸张
谁能用沉睡的纸片
叩醒沉睡的月光?

落魄的雨

阳光之外
我只是一滴落魄的雨
随一阵春风抵达枝头
抵达一朵梨花去年的记忆
抵达鸟鸣的深处
而那些曾经的灿烂
已经无关风月

面对一个个虚无的花蕾
无法说出蔓延在枝头的那些旧情节
行走在树枝碎裂的缝隙里
我只是一苞重生的嫩芽

云影下的涅槃

疲倦的风

是谁颠覆了我的天空
让蝶影和花香失散在星云里

守着窗,听门外的风声
我看到月光下空无一人
几片落叶徘徊在门外
偶尔滚动一下它脆脆的忧伤

门和窗默默地保持着距离
让疲倦的风无从选择
而我,正在门里
茫然地望着窗外

与往事重叠

依着墙
把自己依靠成无辜的影子
沙粒和尘土是那些零星的风

腰身曼舞就是风中的百合
我的姿势暗藏着花影
我的摆动适合一场细雨
雨声里的回忆断断续续

从一枚叶子上摘下霜露
摘下清脆的往事和薄薄的忧伤
再安放在霜露之上
而后回转身
让自己消逝在霜露里
并与往事的影子重叠

云影
下的涅槃

【组诗】记忆的尘埃

【遥想】

坐在林子里
可以遥想曾经的许多场景
一个人，在春暖
但花还没开的时候

【简单】

如果树能脱掉影子
就像秋天脱掉所有的叶子
这个林子就简单多了
如果我们也能
如此简单

【痕迹】

鸟鸣从不遮遮掩掩

蝴蝶随意的从光中穿过
即使不留痕迹

【 水滴 】

在一滴水中照见自己
自己就是一滴水
在一片涟漪中荡开往事
自己就是往事

【 凝望 】

久久的凝望
总会留下心事和影子
我看见与我对视的那棵树上
所有的疤痕都变成了
我的眼睛

【 燃烧 】

火树银花
燃烧的一定不是我的那棵树
还有你满天的星星

【 回忆 】

我的手臂

云影下的涅槃

长满了回忆的叶子
一只天真的鸟
蹲坐在我的年轮上
仿佛要歌唱
又振翅飞走了

【寻找】

林子里的风总是有些胆怯
水边的一只鸟
边饮水边回头
它是在帮我寻找你吗?

【空白】

秋风
卷走了所有的叶子
你摘下了我最后一枚果子
转身又放回了原处

【心事】

你的诗集打开又合上
我怕那些感伤的文字
复活我已死的心事

【渺小】

蚂蚁的渺小不在于它的身躯
而在于它攀爬的高度
它的身影
永远高不过那棵
闪耀着佛光的树

【尘埃】

花影黯淡
一枝枯花撒落了经年的花粉
一些尘埃
仍回忆着曾经的盛开

【残雪】

嫩叶吐露就是春天
残雪悄然逃离
并带走了我的脚印
许多花就开在
残雪和你退去的路上

【地火】

这一刻,它多么像我

云影
下的涅槃

为了完成一次寂寞的燃烧

竟默默地在黑暗里

等待了这么久

第五辑

献诗·寂寞花魂

云影下的涅槃

幻念里重生

飞雪洗不尽远去的风景
寂寞里的幻影
已无法伴随悠长的守望

逍遥在晚风里
清点淡淡的月光
悠扬的桃花雪
渗入了花蕊的浓香

有些过程需要用心去回想
有些色彩需要用意念来组合
纷落的季节
蜂蝶就不再徘回

往事无法复制
它温暖得让我不忍临摹
缠绵得让我感到疏远
我只能用淡漠掩饰狂热
不知不觉
我在幻念里得以重生

回到静寂

那么，我也许是
最后的那盏烛火
在幻灭中飘落
一些落成了尘埃
一些落成了记忆

我虚构了一个节日
让自己在寒冷里温暖
在温暖里怒放
在怒放里欢心
然后回到黑夜
回到静寂
回到一无所有

我贪恋的，仅仅是
一次忘我的燃烧

蝴蝶之伤

蝴蝶是一道硬伤
我确信它已无数次轮回
翅膀上才会留下太阳的光环和
星星的斑点

蝴蝶不语
那么多年，它活在一朵朵花上
却从不在芳香里筑巢
它只穿透风
穿透所有与己无关的赞美

它的飞舞时常被凄美的传说所中伤
斑斓的翅膀时常因热爱而折断
像一朵枯萎的花
时常在感伤里伪装怒放

把舞姿潜藏在无边的孤独里
或寂寞在一个无名的花心上
让翅膀合拢成一片枯叶

守住花香
从不说出梦想中的远方

逃出时间

在午夜
我被月亮的时钟捕获
被它滴答的咒语所缠绕
像中了魔法的心跳
在自己的光芒里混乱地走动
我听到一朵花在时针上死亡
而另一朵花又在分针上开放

我想走出时间
走出日渐锈蚀的自己
远离重复和旋转
远离单调的死亡和繁杂的盛开

而出走的瞬间
却被指针的剪刀剪断
只剩下一颗不死的心
在黎明里不停地摆动

云影下的涅槃

剖开苹果

剖开圆满只需一瞬
刀子不懂得瞬间的疼
不懂得苹果分开后的寂寞
苹果不语
刀子还在闪光

睡莲

我总是沉迷在一个个虚无的热望里入眠
而遗忘了枕边那些渐渐冷却的事物
我把脱下来的影子悬挂在墙上
悬挂成一个硕大的叶子，然后让梦只身出门

这个夜晚适合安静，适合虚构一些雨水和芳香
适合期待一朵云接近远处的花草

让所有的梦想捕捉到真实的雨水
为未知的阳光调整出适当的心情

我想让自己的影子在涟漪里变形
漾出往事中最柔软的那朵莲
并潜藏在莲花深处，融化成水
我在水的缝隙里穿行
收拢了莲瓣一样的翅膀
直到把所有的梦境
折叠在清清的荷塘里

用一朵花标记梦游过的痕迹
睡莲必开在我来过的路上
让寂寞的花静静地留在身后
然后我回到早晨，回到烈日
回到一盏盏孤独的风中

避雨的鸟

雨点频频地叩着路面
在洗涤我视野里的灰尘的时候
也冲走我的脚印
让我记不清曾经的来路

云影下的涅槃

我躲在屋檐下
用一把多余的雨伞
与雨对话
我只能把哀怨的声音
保存在雨水里

一只避雨的鸟
一朵淋湿了的火焰
滂沱的雨声淹没了它细细的尖叫
渐渐荡开的涟漪
是往事中最柔软的波光

雨,填充了事物间所有的空白
让我与鸟在喧嚣里
变得亲切而静寂

雏菊

用一朵花标记雨季的来临
雏菊必开在我来过的路上
一路上蜂蝶纷飞
蜻蜓总是落在那些最高的花蕊上
像阳光的脚印

雏菊厮守在暖暖的七月
颜色由淡紫渐变成洁白
然后回到烈日
回到一盏孤独的风里

细碎的雨声由远而近
多雨的天空洗尽满目的浮尘
暗绿的叶子厮守着色彩
却无法隐藏自己的花朵

一朵花的心事
不是一两只蜻蜓就能读懂的
一些不可知的感伤
不是一个路过的人就能破解的
而我还是需要继续赶路
我只能让寂寞的花
静静地开在身后

零落的鸟羽

梦里,我是一根零落的鸟羽
把自己交给飘忽不定的空气和

云影下的涅槃

缓缓下沉的阳光

在这最后的飘飞里

我在想，我是在为你飘飞

你是不是也在为我飘飞

为此，我错过了欣赏

自己零落中的美丽

并耗尽了短暂的欢欣

石头无言

鲜花在风里却丢弃了所有的芳香

而我却忘记了阳光的味道

背对光明

我拒绝说出

身后的一些事情

并且努力相信

该发生的一切都会发生

石头也拒绝开口

它只在缝隙里

收藏了一枚

未成熟的果子

躲过冬天

独坐雪野
坐成天地间一块小小的顽石
回到我的混沌
去寻找时光的方向

一丝寒意就能把我拉回到过往
我把自己装进风雪里
像蛹一样淡漠这个冬天
让身体在一个壳形的记忆里
独自温暖

归来的深处是一盏灯
它是漫长的路途里唯一的光亮
是遥远的牵挂和
漫长的企盼

第六辑

组章·白夜灯盏

【组诗】背影的轮回

空洞的影子

我曾给黑夜带来不安
用一个简单的背影
就惊走了所有的月色
模拟一个飞翔的手影
一只鸟已在我手里失去了体温

黑暗里的事物遗失了意义
孤独时上路不免左顾右盼
回望后才知道，其实自己
远比消失的影子更空洞

花魂

我开始怀疑鸟的轨迹
它像从空旷里飘来的声音
在划过优美的弧线后
也牵走了花的灵魂

一朵朵花用一生的颜色
完成了整个花园
而鸟，只用了一瞬间
就掠走了所有的生动
像是一个偷走春天的人
只在阳光下留下一个
貌似灿烂的背影

血鸟

我开始学会自虐
在一个春天的早上
我剖开了肌肤的桃花
让花蕾中的清香溢出红色的鸟
然后让它在我的疼痛里飞
让久违的飞舞一直舞到疲倦

而后我开始自恋
在伤口上种植微笑和梦
幻想在一条清溪里
一千条小鱼为我歌唱
我变得很轻
直到飘离水面幻化成云
在自己的天空下
尽情地宠爱着自己

【组诗】许愿的灯盏

许愿的灯盏

点燃，就意味着飘远
把真实吹成风中的梦境
许一个愿，就意味着愿望远离
夜空里的承诺是风中的烛火

让我的幻念渐渐高升
让点点光芒习惯于清风的缠绕
带上我的祝福穿过无暇的夜空
一颗漂移的心
燃我的信念渐行渐远

我只对这夜空企望这一次
让那空灵的幻觉
永远记得起我的祈祷
所有的繁盛和离散都会在
寂寞里尽情地燃烧

请赐我一份宁静
去接纳清冷中与我擦肩的事物

赐我觉醒
去修正那或许偏离的方向

许愿灯
如我初熟的果子游离在夜空
一朵晚云把它接走
在冥冥深处

唤醒晨露

无法企及的遥远只需灯盏飘过
梦是夜空里的风
搭上了候鸟的迁飞

夜色里的鸣叫光芒欲滴
梦如桃花，雾散后
注定在远方零落

这剔透的光芒
曾播撒我脆弱的光明和短暂的欢欣
让我走上一条天人相通的路
让我尽享了夜空的安宁和
灯盏的吉祥

曾经相伴的风
能否唤醒我望不到的
那个远方？

请赐给梦一个美丽的名字

云影下的涅槃

好让它能在遥远的夜色里轻声啼唤
唤你如一滴晨露
在未知的梦里醒来

晨光已经到来
请睁开你惺忪的睡眼

折折叠叠

那么，就折叠起光明
折叠起这张橙红的纸
折叠起曾经的火焰和
火焰里的热望

飘落之后的愿望小心翼翼
折叠起飘零
折叠成远方的海
折叠起风
折叠成浅草深处的波澜
折叠起翅膀
折叠成迷途的倦鸟
折叠起黑色
折叠成受伤的燕尾蝶

如一片曾经飞舞的落叶
折叠起秋风和
秋风里的落叶
折叠成落叶一样冰冷的手和
手里那把流泪的
桃花扇

【组诗】白夜里的冰蝴蝶

白日梦

让我的企望一路向着你
消失在北极星的眼睛里
我舞着风
借白云的翅膀,把飞翔
带进雪域高原的阳光里

我的信念纯净,冰清玉洁
我的真情清澈,灿如白夜
我曾经遥望的星星已近在咫尺
我梦寐以求的永恒将唾手可得

面对风中的灵光
我只祈祷一次
让太阳环绕着我经久不落
让白日里的梦想
真实无比

云影下的涅槃

白夜里的诺言

爱是一朵永不消逝的流云
随白日游走
它要叫醒曾经沉睡的夜
叫醒孤独寂寞的你

我终于寻觅到了永恒的理由
把时间的诺言浸在不落的光芒里
我向远方投递一朵朵鲜花
向每一朵花里投递一只斑斓的蝴蝶
让芳香和飞舞把我包围
装点成我白夜的圆心
让我和远方
无眠

冰蝴蝶

如果时光也能雕刻
我一定不会雕刻成火焰
也不会雕刻成冰山
和冰山下波澜的海

我只想雕刻成一小块冰
它晶莹剔透可以折射白夜的光芒
它宁静,握在手里
就能照见我自己

我也会雕刻出自己
像一只冰蝴蝶
掩藏好炽热、永恒和
所有的飞翔

【组诗】不说遥远

不说遥远

不要说遥远
其实我已在你的掌心里
并且日渐透明，宁静无比

我的水滴，是翩飞的水鸟
绕过你手指的森林
栖落在你的指尖
你也把蓊郁的绿色投影在我的水面
让我的心海不再空旷

握紧我吗？
覆盖我吗？
让我梦的水滴渗入你的根须吗？

云影
下的涅槃

不要张开
不要让清澈的水
苦涩着从你的指缝滴尽
叶子不要为季节飘落
不要让虔诚的鸟儿追逐得
太久，太远。

其实有时我不想飞
我只想穿行在你的影子里
做一只悠闲的小鱼

漂流瓶

我把许愿的细沙
轻撒进这蓝色的瓶子，投入海浪
那片洁白的花海

愿望的梦贮藏在自己小小的夜空里
我守着梦
似乎要长眠不醒

没有涛声
没有世界那端的回音
岁月之外的水鸟吟唱着天空的寂寥
我的向往无法向
愿望中的孤岛投寄

我知道我的沙不会靠岸
不会握在另一个人的手中

就和我一样，只是漂在一个
永不启封的瓶子里

雾里看花

无法逃避
一场寒雾的降临
它蓄谋已久，在这个
曾经温暖得有些虚假的
深秋

无法靠近你
有时迷雾坚硬如铁
我只有遥望和感知
那恍如隔世的花园

我不能把你装进我的身体
更不能把整个秋天
装入空旷的内心
我只能用你的余香和残红
编织忧伤的花环
或是美丽的面具

这冷冷的秋雾
阻隔了一切又穿透了一切
穿透我的身体
并想带走我与芳香有关的
所有事物

云影
下的涅槃

你说等秋雾散尽再来看我

我知道那场残局

清冷得如同我

不曾开放的青春

那么，你邀我去

是要用你的余香和残红

为我编织忧伤的花环

还是美丽的面具？

凋零是注定的　我知道我的花

已经安顿好娇艳的今生

和芳香的来世

我也就把美好种植在雾海里

如水中的月

破碎在我

寒冷的杯中

【组诗】梦化为蝶

简单的轮回

回忆

像一只转经筒

旋转在时光的云烟里

我摇出去的往事
像未丰的翅膀
依然眷恋在我空空的掌心
无边的寂寞
在记忆的波光里
羽化成风

有时希望的叛离
只是一场迷梦
我更愿
在你的摇曳的背影里做一次
简单的轮回

莲的心事

梦的衣裳浣洗在水上
聆听月光的呓语

与莲的翩然相遇
是在这池透明的凝望里
宁静的心事
在一波静静的水上
嫣然绽放

月光分解着梦
莲的心事深邃
像一盏孤灯

在星空里游荡

采一朵风荷
插进记忆的口袋
背回去
在枕边听风

梦化为蝶

梦化为蝶
必留下一个小小的伤口

蝶,飞不过高原
多少河水
在誓言里断流

鸦雀无声
却守不住所有的秘密
一只鸟脱下了阳光
又穿过了风雨

焚烧记忆
能否温暖我手中的枯花
依依惜别的余香
掩映在落叶的午后

缄默无语
不会是一种承诺
曾经的春色
躲进了厚厚的秋风

第七辑

颂辞·回归莲花

【组诗】回归莲花

从一粒浮尘里穿过

从一粒浮尘里穿过
你安坐成一座山听世间的声音
而我是你脚下的另一粒浮尘
于宁静中仰望、冥想

风的喧嚣被林荫梳理得安静
我幻化成枝头那只半梦半醒的鸟
于晨露里
把你的箴言谛听
亦幻亦真

飘摇的云是你的莲花
细细的雨丝是你言语里的涓涓细流
我被滴落在这清晨里的钟声里
洁净如一滴露珠
滋润着
舞倦了的凡尘

坐在慈云般的宿命里

用所有的莲瓣搭一座通天的楼阁
我的思绪逶迤在云层里
凝滞已久的歌声必须经过洗礼
云中的花瓣
能否驮走我曾经的春天?

风,掏空了午后的歌声
我的羽毛锈迹斑斑
渺茫的天空
沉默的栖鸟
透明的雨收走的
不仅仅是空荡荡的怀想

树叶上的文字
已不能成为伤痛的缘由
它被流水洗尽
并交给了风

我坐在慈云般的宿命里
翅膀不再潮湿
幸福地归来
我几乎被绵绵的花香掠走

皈依原始

我时常在自己的背影里

云影下的涅槃

生长空虚的欲念
用弯月的语言
模仿躁雀徒劳的鸣叫
而洁净的天空总是善解人意
让我回转身来
皈依原始

我开始相信融雪里的宿命
永不间断地为我占卜
不可能中的那一线希望

暮霭中响起沉浑的鼓声
那是飞鸟惊走后缥缈的余音
晨钟暮鼓声里
我面对流水
学会了感恩

从茂密丛林中走来
从深山古寺里走来
把自己的倒影也交给这水
涟漪深处的我
又能顿悟出什么

【组诗】叶落不归根

依稀幸福

皑皑雪峰
扬一脉风骨
白雪掩映下
依稀是仰止的高山

鸟儿盘旋在蓝天白云下
为我啄下一路浮尘
残月下的风
是独自往来的幽人

且寄情于这天地间
花无残红
雪山依旧

你走过的路
依稀幸福
他年的夜雨
已不再神伤

云影下的涅槃

叶落不归根

且于这山水间不古
日月不舍不离
如行云流水般萦绕

香客不语
怕惊扰了冥想中的僧侣
雪粒晶莹
可是那梵曲里牵魂的倒影?

一任往昔的烟雨朦胧
潇潇思念
铭记着曾经的浮华
风雨萧瑟,不再湿襟

寄情明月外
叶落不归根

雅鲁藏布

东逝的也许只有江水
洗尽的只能是尘埃
流沙掩不去风流倜傥
佛殿里飘来仍是久远的余韵

身着布衣的你伫立在高处
遥望缥缈的雪山
看江水涤荡,余音袅袅

隔着时空,隔着诗情与坎坷
我于树影风林间
缅诗魂,听东逝的慨叹
此时,寂寞是穿堂过户的风
镂刻着你身后的名

在流云的碎影里观月圆月缺
声声哀怨中是几时的阴晴?
离愁别苦
碎了我的思念

瑟瑟琴声里哀婉犹存
寂寞是孤鸿的影子
不栖寒枝
只梦雪山

【组诗】寂地寻梦

沐浴暖阳

你的影子倒在一片谜团里
依着一片青青的海,沉醉

青草泛绿,也染绿了凡心
你像我沙漠城堡外的一只船
盛满涟漪的水
年少的梦想总是在远方
我向你漂泊
等待暖阳下清爽的沐浴

追随的欲望涨满了身体
探出的灵魂却越显空洞
那么就远行吧
带上所有的愿望,去寻找
我梦里的圣殿

心如清泉

我眼中的凡间
不是朝阳下的一马平川
更不是人群中的喧嚣
我的梦
是一眼莲花般的清泉
是一池水接近云端
缥缈出蔚蓝

我冷静,一如魂魄里的细雨
永不冰封
我贮存了对天空的所有想象
是呈给喜马拉雅的
点点甘露

冰清玉洁

我无法翻越自己的脊背
就像无法翻越连绵的冰川
脊背上渗出的汗水
却汇成了浩渺的云烟
流过我汗毛一样的草原
盛开出遍野的鲜花

请允许我冰清玉洁
请允许我银装素裹
一如遥远的冰瀑
脱去艳丽的花的衣裳
只裹一件
轻柔的素纱

请熄灭我醉于尘世的热望
让我淡如冰水
宁静中,我有清冽的歌
不再寂寞,一身清白
只在梦里流连

不老的蓓蕾

坐在珠穆朗玛雪峰上
接住太阳抛下的荧光
我的手势简单、抽象

云影下的涅槃

像岩石上古朴的线条

我追逐往昔,放牧流云
指引流云如舟
沿着拉萨河
驶向雅鲁藏布江

银雕玉砌的冰峰塔林
就是你纯真的图腾
我仿佛看到春天里飘飞的花雨
以及石缝间不老的蓓蕾
竞相开放

拉萨河

它用涓涓细流包裹起天空的无言
蜿蜒呢喃
把寒冷的往事融化
也把我漂洗得
一尘不染

我要为你放上花朵的记忆和露珠中箴言
让露所凝结的那些星光灿如白昼
含香的花朵是栖落在湖面的
袅袅圣音

幻象中的我脱去了尘世的短衫
将你用恬淡的初吻唤醒
醒来后,你就在我的心形之中

如此的幸福
而我
也把那一缕缕洁净的柔情荡向远空
与迷茫的天幕
蒂连成一片

【组诗】归巢

一

寻你的琴声而去
而此时你正在云里
遥远而空濛

我一路婉转迂回
像一只倦鸟
奔赴自己游离已久的窝巢

二

我从云影的缝隙里走来
从晚霞般壮丽的冰封古道走来

云影下的涅槃

披了满身的银花瓣
来回应你浑厚的呼唤

我从月桂树的枝叶间走来
发梢落满了花香
又被桂影吹起
缠绕在我青葱的柔情里
经久不散

三

在溪水里浣纱
漂染着多彩的心事
在泉源里沐浴
沐满心的眷恋
而后饮一抔天水
一饮
就成仙了

四

你雾里的琴声袅袅
一如我幻梦里的梵音
细雨中的离歌
一如娑罗树的影子

蘸满婆娑
思念的睫毛滴满了

月华的珠露

<h2 style="text-align:center">五</h2>

我的心弦
等你弹响
缠绵的曲调
如同放牧着旖旎的云朵

我在你的把握之中缥缈
如同遥远的
再生

<h2 style="text-align:center">六</h2>

拣一粒罗汉果
做我秋天的坠子
果实里贮满了
陈酿的歌声

我的肢体
在你身的视线里舞蹈
你的呼吸
如月影里的菩提树
把你我紧紧连起
在入怀的刹那
我随时间
一同老去

云影下的涅槃

七

我随时间
一同老去

老去后
我就栖息在
玄妙的梵歌里
做你空门之外
不离不弃的
女人

第八辑

余韵·雪中涅槃

云影中的涅槃

生命无常。
总是在不经意的微笑里独自疼痛
它执意要虚构一场场梦：
有时接近了内心,有时却又背离了自己。
它像是漫不经心生长出来的花花草草,在云影下面
寂静、安详和常在。

它也许只是一种空灵的涅槃。
当我置身于这花草之中
暂且可以遗忘身前身后的琐事
而把绚丽的光影
凝固在云影下、烟幕中和一些浅浅的细节里。

生命,原本只是一种物体
存在于身边或体内
可以被触摸,或被感知;
生命,原本是一种物像
存在于存在或虚无
可以被捕捉,或被忽略;

生命，原本是一种行为
存在于自身或自身之外
可以被雕琢，或被演绎；
生命，原本就是一种不存在的存在
可以被追逐，或被流放。

于是我虚构一扇虚无的情感之门
让自己的影子进进出出
每一片心灵的空地，都是我想要停泊的地方
在停泊里修行，在静寂里行走
让盛开的年龄，与云影同行
让初萌的爱恋，与仓央嘉措共生。

　　时光流逝,转眼已是二十岁的春天。这部雪藏了近三年的书稿就要羞涩的与爱诗和喜欢仓央嘉措的朋友们见面了。一部书就是一段历程,这份旷世的情感将在夏日里呈现。

　　一直喜欢独行,大学这几年所有的假期都在独自行走。或许静寂、离尘,也是喜爱上仓央嘉措的一个原因。

　　2007 年至 2009 年三年的时间里,我阅读了仓央嘉措各种版本的诗,并陆续写了一些小诗和组诗,即书中的"今生篇";而真正要写成一部书的想法萌发于 2009 年底,在读到马辉、苗欣宇译著的《仓央嘉措诗传》之后。在这个全新的译本中,含蓄的语言、跳跃的节奏、优美的意境和真切的情感让我彻悟了仓央嘉措的思想,也令我完全融入到了他诗意的情感和诗化的生活之中。

　　不懂藏文,就无法读懂仓央嘉措的原诗,就无法解析最真实的仓央嘉措,也就无法理会仓央嘉措诗歌的本意。我所理解和感受到的一切只能是《仓央嘉措诗传》中所呈现的他的生活和情感;想象和融入的只能是《仓央嘉措诗传》中的情景和境界;感知和体味到的也只能是《仓央嘉措诗传》中所描绘的一切。"前世篇"的创作意念和意境即源于此,其中《唱和·看开浮云》一辑就是对其原诗情感和意象的呼应。感谢马辉、苗欣宇两位老师为我再现了一个全新的仓央嘉措的世界!

　　虽然只是一本诗集,但其中或多或少的涉及了一些有关历史、民族和宗教的内容。有幸在创作和整理的过程中,一直得到众多藏文化学者、藏族作家、诗人们的帮助和指点:其中有《兰州晨报》副刊、藏人文化网总编、作家才旺瑙乳,藏人文化网文学主编、诗人刚杰·索木东和《青海日报》社编辑、青年诗人嘎代才让等;尤其是藏文化学者、青海电视台文艺部编导、仓央嘉措研究专家、藏汉双语作家、翻译龙仁青老师曾多次指点,这才使我有信心把这段幻念中的情感尽情的渲染并完整地呈现。本书的序言原请龙仁青老师来题写,因出版方规定本套丛书统一不加序言,不免留下遗憾。

这几年一直喜欢摄影家、辽宁大学教授游刃老师的摄影作品,本书所用照片就是游刃老师和另几位老师的作品,在此感谢!原计划这个暑期骑行青海和西藏,走访一下仓央嘉措生活和经历过的地方,拍些照片,也为本书增加些真实的色彩,可惜时间来不及了。

这部诗集零散地创作了四年,2010年年底整理完。原本是雪藏给自己的,因此除了四个组诗曾参赛获奖和少数在网上贴过之外,其余大多是首次公开。

把一份个人情感坦露给世人,就像把一朵雪莲呈献给了它的雪山;从离尘到坦然回归,就像一片雪花回落到了它的雪原。正如本书编辑、《新课程报·语文导刊》社的刘老师所说:"我觉得这些诗与爱情无关,更多的是对一位诗歌天才的仰慕"。这段始于梦想的情缘得以释然:

> 我虚构了一扇虚无的情感之门
> 让自己的影子进进出出
> 每一片心灵的空地,都是我想要停泊的地方
> 在停泊里修行,在静寂里行走
> 让盛开的年龄,随云影同行
> 让初萌的爱恋,在云影下涅槃。
> ——《云影下的涅槃》

2013年4月26日于中国传媒大学图书馆